三國演義繪本

4

火燒赤壁

原著〔明〕羅貫中
編著 狐狸家

新雅文化事業有限公司
www.sunya.com.hk

三國演義繪本 4

火燒赤壁

原　　著：〔明〕羅貫中
編　　著：狐狸家
責任編輯：林可欣
美術設計：劉麗萍
出　　版：新雅文化事業有限公司
香港英皇道499號北角工業大廈18樓
電話：（852）2138 7998
傳真：（852）2597 4003
網址：http://www.sunya.com.hk
電郵：marketing@sunya.com.hk
發　　行：香港聯合書刊物流有限公司
香港荃灣德士古道220-248號荃灣工業中心16樓
電話：（852）2150 2100
傳真：（852）2407 3062
電郵：info@suplogistics.com.hk
印　　刷：中華商務彩色印刷有限公司
香港新界大埔汀麗路36號
版　　次：二〇二二年一月初版

四川少年兒童出版社有限公司授權出版

ISBN: 978-962-08-7917-3

18/F, North Point Industrial Building, 499 King's Road, Hong Kong
Published in Hong Kong, China
Printed in China

話說天下大勢，分久必合，合久必分。
統治中國四百多年的大漢王朝，進入了分裂動盪的新時期。
狼煙紛亂，羣雄並起。
亂世中，桃園裏，
劉備、張飛、關羽結為兄弟，
再加上聰明機智的諸葛亮，
戰曹操、氣周瑜、燒赤壁……
英雄的故事，即將上演。

曹操率領百萬雄師駐紮在長江北岸，準備進攻東吳。可曹軍不擅水戰，於是曹操採納了謀士龐統的計謀，用鐵索把戰船連在一起，再在船與船之間鋪一層木板。這樣一來，士兵就像是在平地上走路一樣，再也不怕暈船了！

江面上，一艘艘大船彷彿連成了一座水上城堡，船上的曹軍正在刻苦操練，一場大戰即將爆發。

對酒當歌，人生幾何！

這天，赤壁北岸，呼呼的西北風吹得戰旗獵獵作響。曹操站在船頭，看着自己浩浩蕩蕩的船隊，只覺信心百倍，得意地臨江賦詩。

而在赤壁南岸，周瑜站在山頂的軍營中，迎風眺望着江對面的曹營，思考打敗曹軍的方法。看了許久，他猛地噴出一口鮮血，直直地栽倒在地，昏了過去。

短歌行（節選）

〔東漢〕曹操

對酒當歌，人生幾何！
譬如朝露，去日苦多。
慨當以慷，憂思難忘。
何以解憂？唯有杜康。

大都督怎麼突
然病倒了？
萬一曹軍突然打
來，怎麼辦啊？
快報告主
公吧！
對了！不如我去問
問諸葛亮，看他有
什麼好辦法！

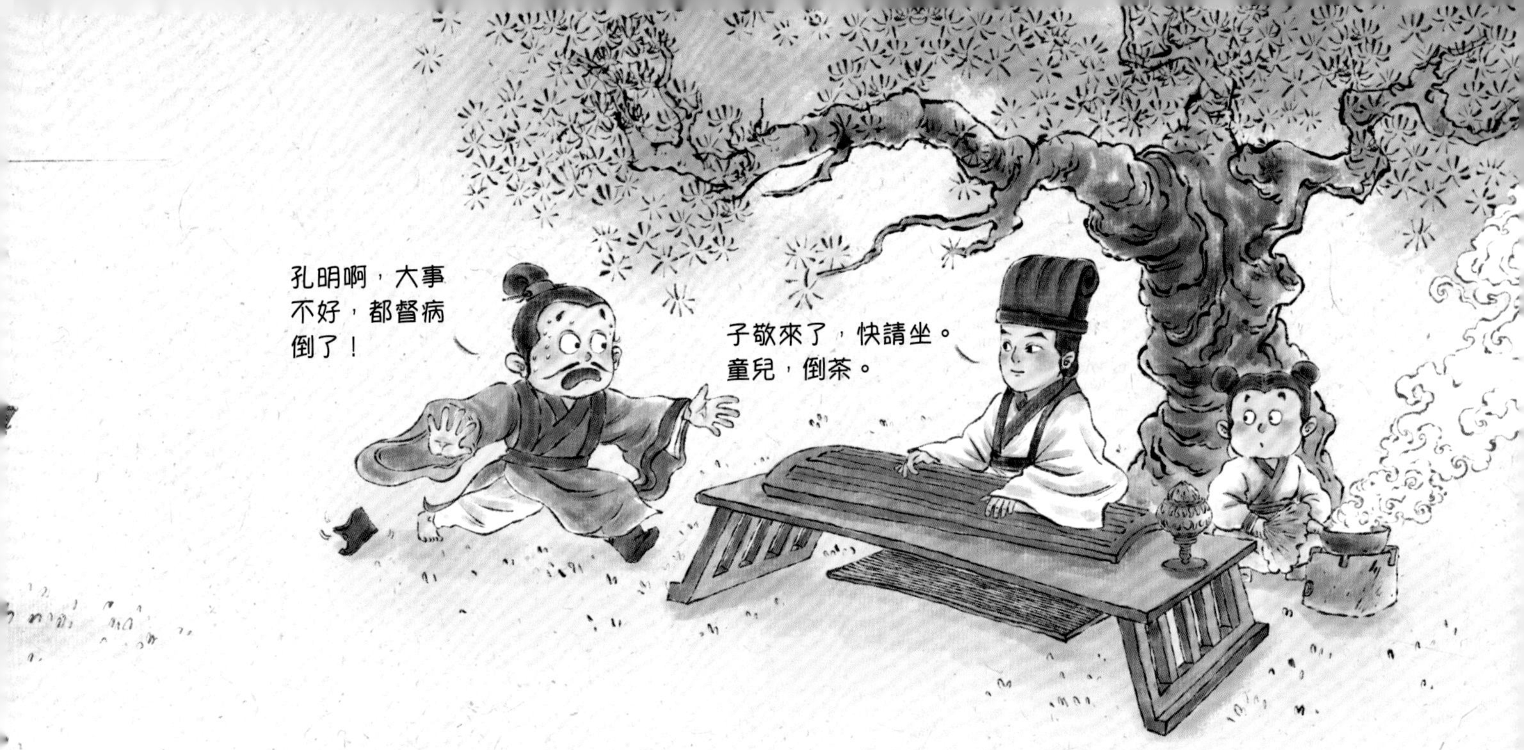
孔明啊，大事不好，都督病倒了！
子敬來了，快請坐。童兒，倒茶。

周瑜一病不起，這可把東吳的將領們急壞了。他們圍在周瑜的軍帳外，撓頭跺腳地商量對策，誰也不知道該怎麼辦才好。魯肅在人羣中越聽越煩悶。這時，他突然想起了一個人——諸葛亮！

魯肅急急忙忙找到諸葛亮，向他細説了周瑜生病的事。諸葛亮聽後，微微一笑，説周瑜得的是心病，他恰好會治！魯肅激動極了，立馬拖着諸葛亮去給周瑜治病。

慢點，慢點！我的茶還沒喝呢！

請他進來。
都督，我請來了諸葛亮，他說有辦法能為都督治病。

病榻上，周瑜聽到諸葛亮來了，沒精打采地翻了個身，派人請他進來。諸葛亮進屋後，話不多說，直接要來紙筆，為周瑜寫下「藥方」。

火攻？和我
想的一樣！
向老天借東南風……
難不成這諸葛亮真的
能呼風喚雨？
都督放心。
若先生能借來東
南風，我必能打
敗曹操！

火攻？見到諸葛亮寫下這兩個字，周瑜瞪大雙眼，在魯肅的攙扶下坐了起來。

這原本也是周瑜想用來對付曹操水軍的方法。曹軍在北，吳軍在南，只有颳東南風時才能用火攻，可現在是冬天，颳的是西北風，正是「萬事俱備，只欠東風」！因此，周瑜才會急得吐血。

諸葛亮神秘地笑了笑，說只要周瑜願意建造祭壇，自己就能借來東南風。周瑜喜出望外，連忙撐着身子下牀拜謝諸葛亮。

按諸葛亮的要求，士兵們連夜在南屏山建造借風用的祭壇。這祭壇分三層，名叫「七星壇」。每層高台上都布置了士兵，以便隨時聽從諸葛亮的調遣。

另一邊，周瑜去除了心病，英姿勃發。他在江邊指揮士兵們把乾柴、硫黃、硝石等容易引火的材料放進大船，又讓士兵們在每艘大船後拴上小船，為火攻曹軍做準備。

恍兮，惚兮，
大風起兮！

七星壇建好了！每一層高台上，舉着不同顏色旗幟的士兵環列四方。七星壇頂，嫋嫋青煙從青銅鼎中緩緩飄起，襯得祭壇越發神秘。

祭壇上的諸葛亮身穿道袍，長髮披散，開始舞劍作法。凜冽的西北風中，他的衣袍高高飛揚，這一刻，他彷彿不是凡人，而是天上的神仙。

奇怪，怎麼不颳
風了？
我猜那諸葛亮肯定
是騙都督的！

一天過去了，諸葛亮三次上祭壇舞劍祭風，西北風停了，可東南風並沒有來。

夕陽西下，祭壇不遠處，周瑜派來的士兵竊竊私語，覺得諸葛亮只是在裝神弄鬼，根本借不來東南風。小童聽見了，氣呼呼地朝他們做了個鬼臉。

隆冬時節，怎麼可能會有東南風，難道諸葛亮在戲弄我？
都督別急，再等等吧！
報都督，還是沒有東南風。

諸葛亮卻依舊從容不迫。他告訴小童，只要耐心等待，東南風一定會來的。

童兒莫急，等風來。

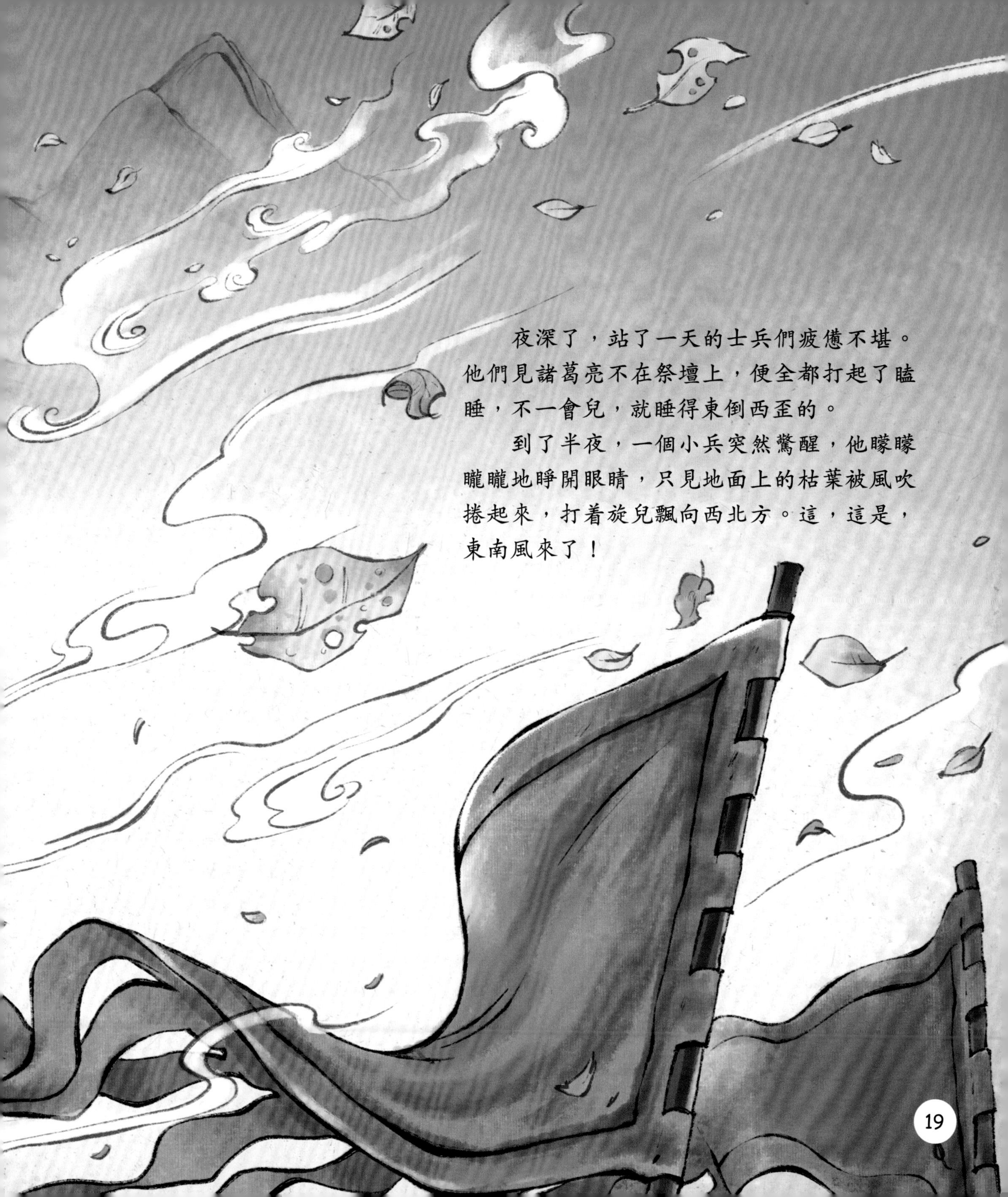

夜深了，站了一天的士兵們疲憊不堪。他們見諸葛亮不在祭壇上，便全都打起了瞌睡，不一會兒，就睡得東倒西歪的。

到了半夜，一個小兵突然驚醒，他矇矇矓矓地睜開眼睛，只見地面上的枯葉被風吹捲起來，打着旋兒飄向西北方。這，這是，東南風來了！

都督，颳東南風了，請下令攻打曹軍！

這時，周瑜正在帳中與魯肅、黃蓋焦急地等待着，忽然聽到外面風聲獵獵。他們出帳一看，只見天上烏雲密布，風起雲湧，旗幡被吹得呼啦作響，旗尾竟然飄向了西北方。

天啊！是東南風！那諸葛亮竟然真的借來了東南風！

哈哈！都督你
看，這風越颳
越大了！
你們各帶一百人，
分水陸兩路，趕往
七星壇，立刻誅殺
諸葛亮！

周瑜站在風中，心裏又驚又怕，他沒想到諸葛亮竟然真有呼風喚雨的本事！如果不除掉諸葛亮，他以後一定會成為東吳最可怕的敵人！

回到帳中，周瑜狠下心來，派兩名將領帶領人馬，分頭去捉拿諸葛亮。他囑咐道，一旦抓住諸葛亮，立刻斬殺，絕不留情！

諸葛亮絕不能留，你這是婦人之仁！
都督手下留情！諸葛亮為我東吳借來了東南風，是有功之人啊！

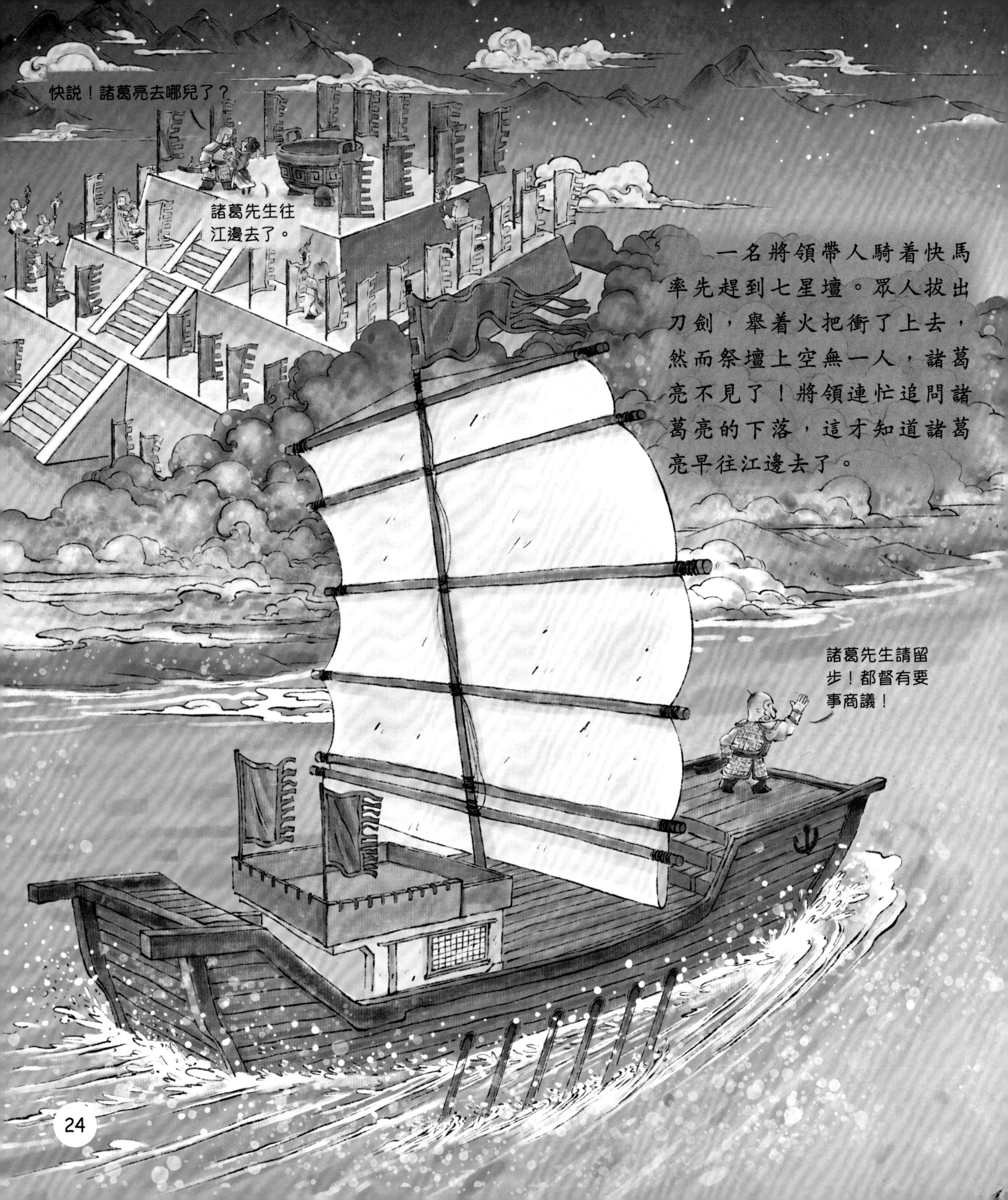
快說！諸葛亮去哪兒了？
諸葛先生往江邊去了。
諸葛先生請留步！都督有要事商議！

　　一名將領帶人騎着快馬率先趕到七星壇。眾人拔出刀劍，舉着火把衝了上去，然而祭壇上空無一人，諸葛亮不見了！將領連忙追問諸葛亮的下落，這才知道諸葛亮早往江邊去了。

我乃常山趙子龍，奉命來接
先生。你若繼續追趕，別怪
我一箭射死你！

原來，諸葛亮早猜到周瑜會派人來殺自己，便提前通知趙子龍將軍撐一葉扁舟來接應。

這時，另一名將領乘船從水上追來，他奮力想要追上諸葛亮，可沒想到趙子龍竟一箭射斷了帆繩，船帆掉下來，他的船速瞬間就慢了。這下子，再也沒有人能追上諸葛亮了！

得知諸葛亮已經離開，周瑜氣得咬牙切齒，卻無可奈何。他只得趁着東南風，準備開始攻打曹營！

諸葛亮如此精明，
讓我日夜難安啊！
都督，不如先
打敗曹軍，再
想如何對付諸
葛亮吧。

周
帥
火攻曹軍，還要靠將軍的火船當先鋒！
都督放心，老夫去也！

按照之前的計謀，黃蓋老將軍準備今晚帶着糧草和士兵假裝投降曹操。岸邊，詐降的二十艘大船載滿燃料，集結待命。

大戰在即，周瑜下令斬殺了曹操派來刺探軍情的將領，用他的血祭旗。見東南風越颳越猛，周瑜大手一揮，命令黃蓋的先鋒小隊開船。

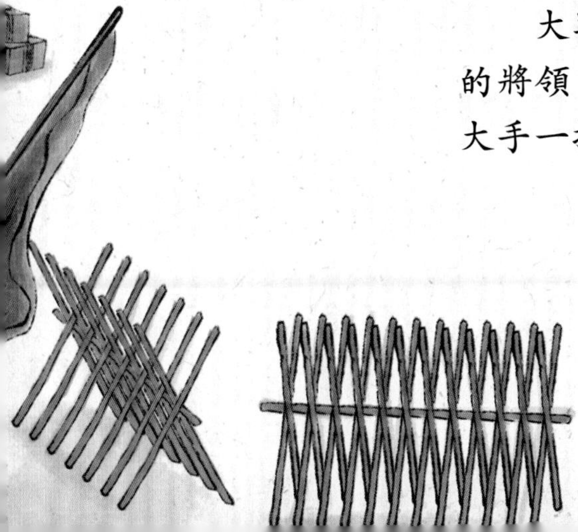

好！好！
黃老將軍命我轉告丞相，今晚他就會帶着糧草來投降。
曹

曹營中，曹操站在大樓船的船頭迎風眺望，準備親自迎接黃蓋。不一會兒，小兵報告説有船隊正在接近。曹操定睛一看，東南方向，果然有一隊帆船向着曹軍水寨徑直駛來，而船頭旗幟上分明寫着一個「黃」字。太好了！東吳參謀闞澤説得沒錯，黃蓋果然來投降了！

曹

黃蓋果然來投降了！
黃蓋來了！

東南風越颳越猛，浪花拍打着曹軍大船，激起無數飛沫。曹操身邊，一言不發的謀士程昱突然大叫一聲「不好」，他請曹操立刻下令攔住這些船，千萬不能讓它們靠近。

曹
不好！丞相，這些船不對！如果船上有士兵和糧草，絕不可能行駛得這麼快！東南風一起，黃蓋就來了，怕是有詐！

來人，快去攔住他們！
丞相，我願去攔！
停船！快停船！

曹操一聽，立馬反應過來：此時東南風極大，萬一吳軍詐降，趁東風火攻，風助火勢，自己的船隊就危險了。曹操又驚又氣，連忙派文聘前去阻攔。

就在這時，黃蓋的船隊突然發生了變化。

前排大船的將士們齊刷刷地向後跑，他們迅速跳上了船尾繫着的小船，並斬斷了大船與小船間的鐵索，然後甩出火把，引燃了載滿燃料的大船。

砰！巨大的爆炸聲轟隆響起，整整二十艘火船，燃燒着熊熊烈焰，順着東南風，直衝曹操的水寨。文聘被吳軍的火箭射中，無力抵抗，來攔截的小船隊狼狽散開。

第一艘火船在東南風的推動下，如同一支飛箭，直直撞上曹操的樓船船隊。

火船瞬間被撞了個粉身碎骨，無數火星竄上樓船的甲板、蹦上船帆、落到曹軍身上，伴着濃煙蔓延開來。眨眼的工夫，火焰又沿着木板橋，竄到了左右兩艘船上！

火焰隨風狂舞，燒了兩側相連的樓船還不夠又要竄上樓船後的帆船船陣。曹軍還來不及逃命吳軍的第二艘、第三艘火船已經接連撞了過來！

砰！砰！砰！刺耳的爆炸聲和士兵的哭喊聲哀號聲連成一片。火焰像煙花一樣猛然炸開，船瞬間化成火海。

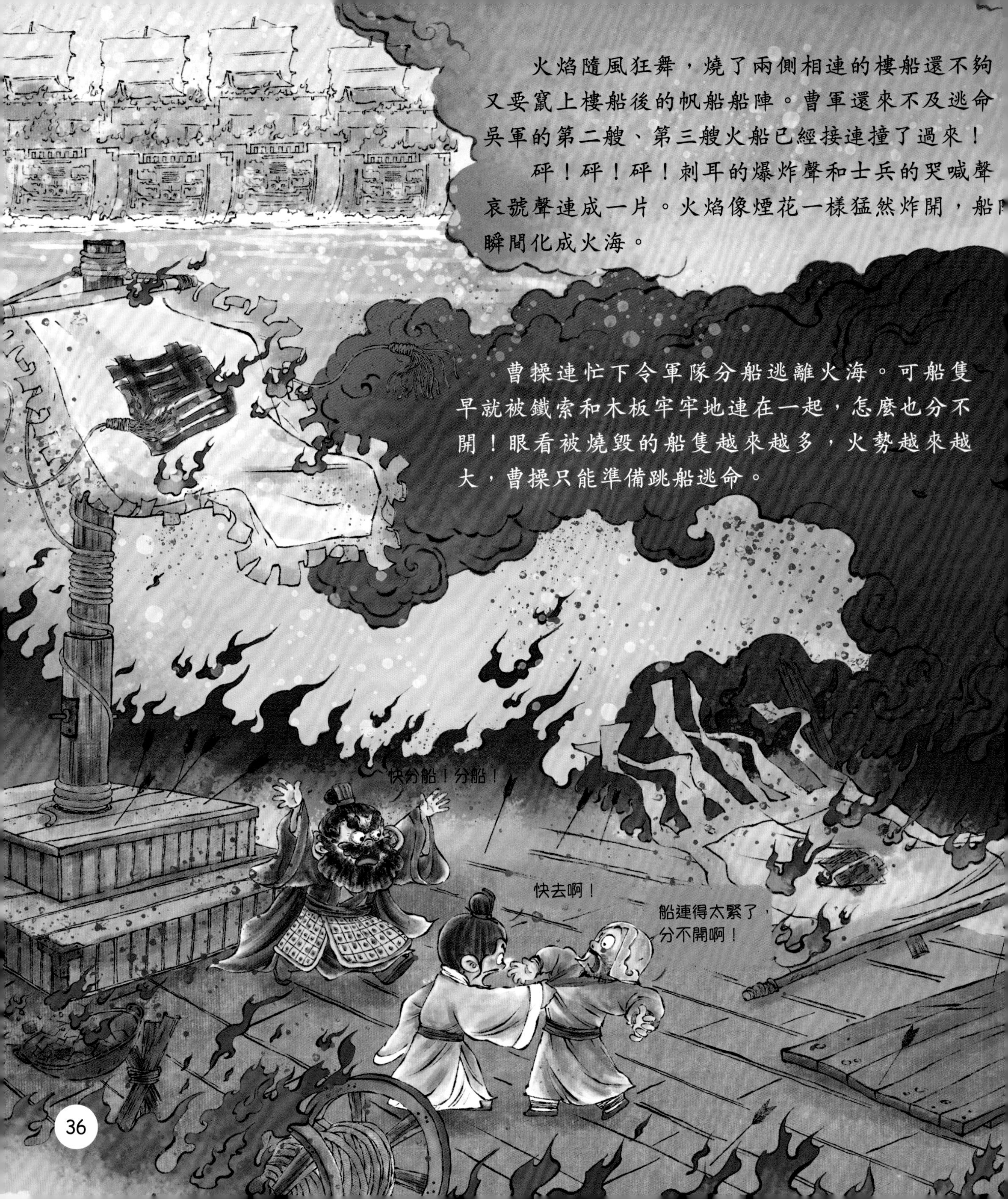
快分船！分船！
快去啊！
船連得太緊了，分不開啊！

曹操連忙下令軍隊分船逃離火海。可船隻早就被鐵索和木板牢牢地連在一起，怎麼也分不開！眼看被燒毀的船隻越來越多，火勢越來越大，曹操只能準備跳船逃命。

張
丞相，船要被燒沉了，快快下船！

張
張
張

這時，四周突然響起一片喊殺聲——黃蓋帶兵團團圍住了曹操的大樓船！只聽黃蓋一聲令下，大樓船瞬間被弓箭射成了「刺蝟」。曹操氣得咬牙切齒，也終於明白了：黃蓋根本就是假投降，他要接近自己，實現火攻！

眼看樓船上的士兵紛紛中箭落水，突然，許多艘小船從樓船背後竄了出來——是張遼帶兵來救曹操了！他們靈活地穿梭在江面上，朝着吳軍射出密密麻麻的箭！

上千艘曹軍小船一齊開來，迅速鋪滿江面。一瞬間，黃蓋的二十艘小船全軍覆沒，就連黃蓋也被一箭射中，落入水中。曹操見狀，終於鬆了口氣，得意地哈哈大笑起來。

與此同時，曹軍士兵突然驚恐地指向東南方向，只見那黑壓壓駛來的無數船隻上，吳軍大旗迎風招展——周瑜的大軍來了！

火光沖天的江面上，周瑜的三路水師朝曹軍直撲而來。周瑜下令所有水軍發射火炮、火箭，從三面合圍曹軍。

那黑漆漆的船身、白晃晃的船帆、轟隆隆的戰鼓聲、密不透風的火箭……彷彿編織成一張巨大的網，要把曹操困死在網裏。東南風呼嘯着，把曹軍的片片白帆全都點燃，兇猛的火焰吞噬了樓船上的所有人。

闞澤
黃蓋

在驚慌失措的逃竄中，曹操不慎跌下了船。水裏到處都是戰死的士兵和戰船的殘骸，彷彿人間地獄一般。

曹操拚命掙扎，望着頭頂晃眼的火光，他猛地醒悟過來，原來自己早就中計了！龐統、闞澤、黃蓋……從鐵索連舟到詐降，再到火攻，好一道連環計！

張

火光照得滿天通紅，濃煙封住了江面，分不出哪裏是水、哪裏是岸。哭聲喊聲混成一片，曹操的人馬燒死的、淹死的，不計其數。就在曹操以為自己要永遠沉入水底的時候，大將張遼使出全身力氣將他托上一葉小舟。曹操得救了……

剩下的曹軍掩護着曹操逃上江岸，一行人狼狽地逃離了赤壁火海。

諸葛亮真的會借風術嗎？

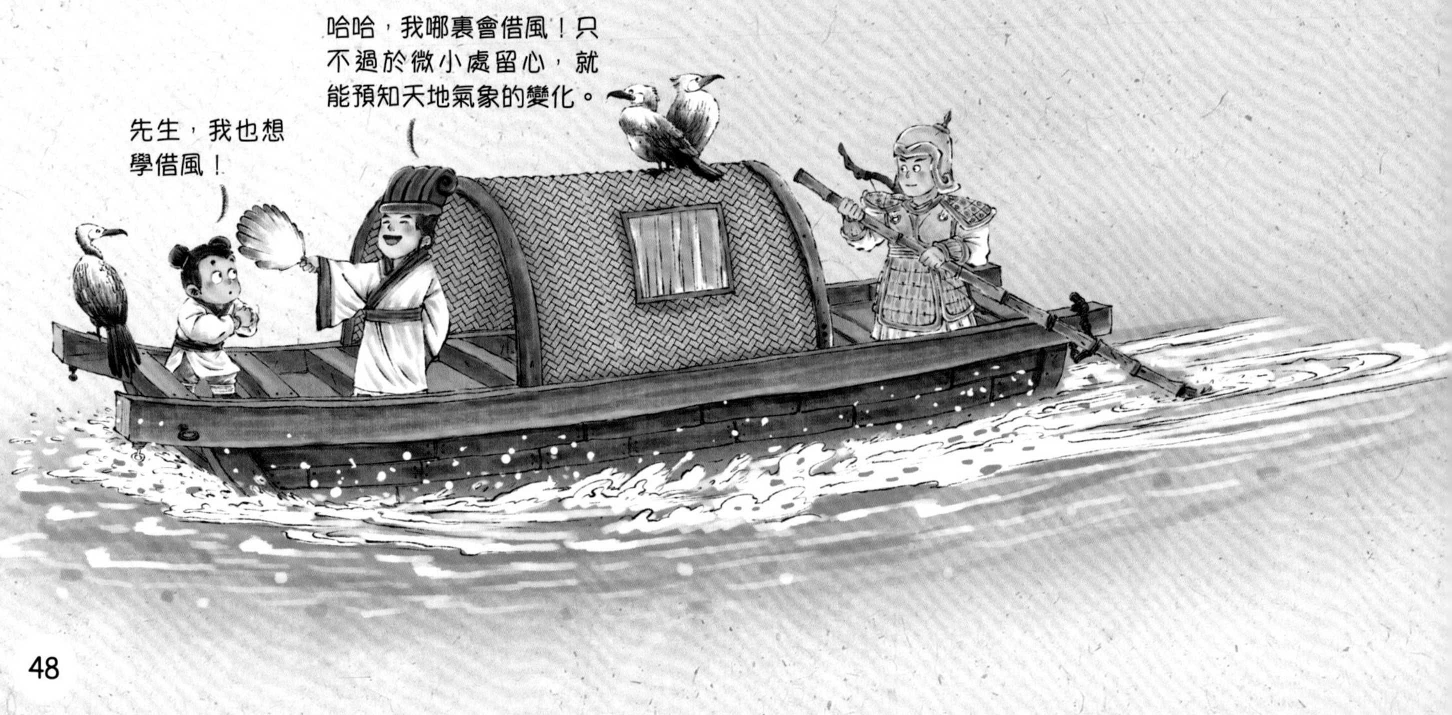
先生，我也想學借風！
哈哈，我哪裏會借風！只不過於微小處留心，就能預知天地氣象的變化。